新　潮　文　庫

月の砂漠をさばさばと

北　村　　薫著

おーなり由子 絵

JN286133

新　潮　社　版

6913

もくじ

くまの名前　9
聞きまちがい　23
ダオベロマン　35
こわい話　43
さそりの井戸　53
ヘビノボラズのおばあさん　67
さばのみそ煮　81
川の蛇口　89

ふわふわの綿菓子　107
連絡帳　121
猫が飼いたい　129
善行賞のリボン　145
さきちゃんとお母さんのこと　163
日常を守護する　梨木香歩

月の砂漠をさばさばと

くまの名前

さきちゃんのお母さんは、お話を作る人です。

そういう仕事をしている人は珍しいから、さきちゃんはちょっぴり得意です。デパートの本屋さんに行った時、お母さんの本があったりすると、嬉《うれ》しくなります。

本は、うちにも何冊か置いてあります。小さい字ばかり並んでいるので、読むのは大変です。でも、さきちゃんは時々、開いてみます。お母さんが、てれたり、羞《は》ずかしがったりするのが、面白いのです。

「おとなの本なの、それは。さきには、まだ、むずかしいよ」

取り上げたりはしませんが、お母さんはそういって顔の前で、手を横に振ります。そうしてちらりちらりと横目で見たりします。さきちゃんは、ここぞとばか

り声をはりあげて、

「――バレンタインデーには、まだ早いが」

などと、読めるところを読みます。

「うわあっ」

お母さんは、頭をかかえてカーペットの上に転がってしまいます。

「――きみは、愛を知らない」

「やめてくれー」

お母さんは、そのあと、だるまさんが起きるように起きて、決まっていいます。

「さき、人の嫌がることをするんじゃないよ」

これは、お母さんの口ぐせです。でも、そういうお母さんも、人の嫌がることをするのが大好きなので、あまり効き目がありません。

夜、寝る時、明かりを暗くして、隣の布団《ふとん》に入ったお母さんは、

「さき、さきー」

また、はじまったな、と思って、さきちゃんは見ないようにします。でも、そう

しようと思うと、かえって不思議に目が行ってしまうのです。お母さんは、さきちゃんがこっちを見たな、と思うと、枕《まくら》からすうっと頭を浮かします。手と足も、布団の下で上手に持ち上げるので、本当に体が浮いて行くように見えるのです。

　さきちゃんは、お母さんがそのまま、夜の空に飛んで行くような気がして、怖くなってしまいます。

「やめてよ、やめてよ」

　と、お願いすると、お母さんは、

「ひっひっひっ」

　と、笑って、ようやくやめてくれます。さきちゃんが頼まないと、何度でもやります。そして次の日、目玉焼きを焼く時に、頭を振りながら、

「首がいたいよー」

　といったりするのです。

　今夜も、

「ひっひっひっ」

そのお母さんのいじわるが終わったところで、さきちゃんは、お願いをします。

「お話、お話」

さきちゃんは思います。ケーキ屋さんの子供は、おうちのケーキが食べられるのかな。お花屋さんの子供は、おうちのお花をかざれるのかな。――それは、分からないけど、わたしはできたてのお話を聞けるよ。

お母さんは、布団の中からもぞもぞと手を伸ばして、さきちゃんの指をつかみます。もうアスパラガスぐらいの太さになったかな、なんて、食べたがりの魔女みたいなことをいって、それから、

「お話ねえ、さきにしてあげようと思ってとっといたのよ。だけどね、今日はヨーカドーに買い物に行ったの。その帰りに、落としちゃった。うちについてから気がついてね、お母さん、探しに行ったの。お話、どこだー。お話、どこだー」

さきちゃんは、おかしくて、くっくっと笑います。

「――そうしたら、ご近所の三毛猫さんがひろっていたの。お母さん、頼んだわ。それ、あたしのよ、返してっ。だけどね、猫さんはいうの。いやだよー。だから、両方から、ひっぱりあいになっちゃった。お母さん、大声で叫んだわ。第二小まで聞こえたかな」

「聞こえない」

「お母さんはね、いったのよ。こらっ、お話、おはなしっ」

「うふふ」

「それで、ようやく取り返してきたの。苦労したのよ。さあ、このお話に出て来るのは誰だと思う？」

「うーん。――くまさん」

「よく分かったねー。じゃあ、くまさんは、どんなくまさん？　やさしいの？」

さきちゃんは、ちょっと考え、

「乱暴なの」

「そうだ。――暴れんぼうでね。みんな困っていたの。信号なんか、こわして、全部、むらさきにしちゃうの」

「むらさき！」

「並んでる杉の木と松の木も結んじゃうし、川だって揺すって、ゆらゆらさせちゃうから、お魚も目をまわしちゃう」

「どうしようねえ」

「ほんとだねえ。みんなが、腕組みして考えてると、新井さんのおじさんが、わたしにまかせなさいっていったの」

「――新井さんて？」

「ほら、薬屋のおじさん。いつも、おまけくれる人。この間、動物の消しゴム、くれたでしょう」

「三組の、新井ゆみこちゃんの、お父さん？」

「そう」

「ゆみこちゃんのお父さん、力持ちなの？」

「さあねえ」

「だったら、やられちゃう」

「そうだねえ。心配だよね。でも、新井さんは平気。くまさん、自分のうちに連れてきちゃった」

さきちゃんは、暗い中で目をぱちくりさせました。

「へええ」

「それで、自分のうちの子供にしちゃったの」

「――くまさん、新井ゆみこちゃんの、お兄さんになったの？」

「お兄さんかな、弟かな。――とにかく、そうしたらねえ、くまさん、すっかりおとなしくなっちゃった。そうして、毎日、洗濯させられてるの」

「どうして？」

「だって、あらいぐまさんになっちゃったから」

さきちゃんは、くくっ、と笑いました。

次の日の朝、目玉焼きを焼いているお母さんに、さきちゃんはいいました。

「ねえ、あのくまさん、だまされたのかなあ」

「えっ？」

お母さんはきょとんとしています。

「ほら、昨日のくまさんよ。——新井さんにだまされたの？」

「ああ。——さて、どうでしょうねえ」

さきちゃんは、いつものように二人分のお茶碗《ちゃわん》とお箸《はし》を並べながら、

「名字が替わって、くまさんはね、もう、暴れることができなくなったの？」

お母さんは、フライ返しを、途中で止めて、しばらく考えていました。卵がじゅうじゅういって、こげそうになって、ようやく手を動かしました。お皿に、ちょっと固くなったそれを移して、それからまた、一生懸命、考えています。

さきちゃんは、椅子《いす》に座り、お母さんの答をしんぼう強く待ちました。

お母さんは、やがて、さきちゃんの前に椅子を引き、腰をおろしました。そして、さきちゃんの目を見つめていいました。

「ごめんね。くまさんの——大事なお名前のことなのに、母さん、まちがって話

したみたい。あれはね。こういうわけだったの。新井さんはね、くまさんに、くまさんそっくりの形の消しゴムをあげたの。くまさんは、生まれてはじめてプレゼントをもらったのよ」

「サンタさんは、くまさんちに行かなかったの？」

「あんまり、乱暴で、自分のおうちも、どすんどすんと揺らしていたから、サンタさんだって怖くて行けなかったの。それで、くまさんは、生まれてはじめて、ありがとう、っていったの。それから、新井さんのおうちに行って、ゆみこちゃんと遊んだの。生まれてはじめてお友達ができて、くまさん嬉しくなっちゃった。それでね、何だか、みんなのためになることをしたくなったの。ちょうどそこに、洗濯機があったから、ごうごう、ごうごう、って洗濯はじめたのよ」

「それで、ゆみこちゃんと二人で干したの？」

「そうよ。新井さんちで洗濯してたから、見てた人たちにいわれたの。あらいぐまさん――て」

「ああ、そうかあ」

「そういわれて、くまさん、どう思ったか。

――続きは、今夜、二人で考えよう」

「うん」

「ところでさ、名前といえば、さき――」

お母さんはにっこり笑って、さきちゃんの胸を指さしました。

「なあに」

「名札、つけわすれてるよ」

さきちゃんは、しまった、と頭をかきました。

聞きまちがい

さきちゃんは、自転車に乗るのが好きです。畑の間の細い道を行ったり来たりしているうちに、すぐ乗れるようになってしまいました。そこは、人通りもほとんどなくて、ゆるやかな坂になっています。

お母さんは《後ろを持ってあげるからね》と、いいました。でも、そうしてもらったのは、最初だけでした。坂の高いはずれの方に自転車を置いてまたがり、すうっと下って来ます。それを繰り返しているうちに、感じがつかめて来ました。

次の日には、一人で行って練習し、乗れるようになってしまったのです。もちろん、お母さんを呼びに行きました。

「ねえ、乗れるようになったよ！」

でも、まだまだ初心者です。車の通るところではなく、慣れた練習コースで、

晴れ姿を見てもらいました。春休みの、いいお天気の日で、背中がぽかぽかしました。細い道の片側に、菜の花が咲いていました。

「すごいねえ、お母さんは、ずいぶん転んだんだよ」

「さきは、ほとんど転ばなかったよ」

ちょっぴり得意になって、自転車の上から、そういった時、ぐらっとしそうになりました。お母さんは、離れたところにいたのに、まるですぐ届くように手を伸ばしながら、

「あぶない、あぶない」

と、いいました。


前は、隣町の図書館にも、お母さんの白い車に乗って行きました。今は、二人そろって自転車に乗って行きます。日曜日のお昼前に行くことが多いのです。

近くの橋を渡ると、向こう岸が、もう隣町です。スーパーの横を抜け、踏み切りを越えて行きます。

途中で、お母さんがいいました。

「さき、花王《はなおう》に豆まくと思う？」

前から風に乗って来た言葉が、耳のそばでちぎれて、後ろに飛んで行ってしまいます。

「ええっ？」

さきちゃんは、大きな目をよけい大きくしました。豆まきは、二月だから、季節が違うし、それに第一、《花王》って何でしょう。お母さんは、今、そんな童話でも書いているのでしょうか。

次の信号が赤になり、お母さんが止まります。

「あーあ、間に合わなかった」

さきちゃんの自転車が、お母さんの横に並びました。すっと片足をつきます。もうすっかり慣れた仕草です。片足をペダルに乗せたまま、聞いてみました。

「ねえ、《花王》って、花の王様？」

すると、今度はお母さんが、首をかしげます。

「何のこと?」

「今、いったじゃない。《花王に豆まくと思う》かって」

お母さんは、ちょっと考えました。それから、信号を見上げて吹き出しました。

「ずいぶん手の込んだまちがいするのね」

やっぱり、聞きまちがいだったのかと思いながら、さきちゃんは、

「じゃあ、何ていったの」

お母さんは、信号を指さしながら、ゆっくりといいました。

「——あの青に間に合うと思う?」

図書館につきました。まだ午後にならないのに、駐車場はもちろん、駐輪場も、かなり混んでいました。

お母さんは、いつも《本が増え過ぎて困る、始末しなくちゃ》と悩んでいます。それなのに、図書館に入ると、まずリサイクル・コーナーに行くのです。地域の人がいらなくなった本を置いておくところです。希望者は、自由に持って行くこ

とができます。お母さんは、鷹《たか》のような目をして、並んだ背表紙を眺め、《おお！》などと叫んでは、獲物《えもの》に飛びつくように厚い本を抜き出しています。困った人です。

この図書館では、小学生が利用カードを作ると、若草色の手提げバッグをくれます。本を入れるのに使うものです。さきちゃんは、中から返す本を出し、カウンターに置きます。それから、中身を吐き出して、ぺにゃりとへこんだバッグを提げ、あちらこちらの書棚を見て回ります。

お菓子の本のところにいたら、お母さんが後ろにせまって、さきちゃんの耳に口を寄せました。場所が図書館ですから、大声で話すわけにはいきません。

お母さんは、ぼそぼそ声で、

「……ねえ、新着図書の案内に『般若大行進《はんにゃ》』っていうのがあったよ。……予約しておく？」

何だか怖そうな本です。般若というのは、角が生え口が耳まで裂けたお面のはずです。それが大行進して来るなんて、ものすごい話です。

さきちゃんは、学校を舞台にした怪談に興味を持ったことがあります。お母さんは、それを覚えていて、すすめているのでしょうか。

「別にいいけど、——それって小説?」

「……よく分からないけど、……題から考えたら、中は写真が多いんじゃないかな」

——そうかなあ、と、さきちゃんは思います。

「映画?」

「……違うでしょう」

さきちゃんは、ますます分からなくなり、

「変な本だね」

「変じゃないわよ。……犬や猫の本て、よく売れるから、いっぱいあるわよ」

さきちゃんは、思わず、ちょっと大きな声になって、

「犬や猫?」

「ええ」

「それがどうして《般若》なの?」

「はあ?」

「『般若大行進』でしょ?」

お母さんは、さきちゃんの肩をつかんで、くくく、と笑い出しました。

「それって、聞きまちがいの連続ホームラン」

どうやら、またまちがえたようです。《豆まき》の後に《鬼》だなんて、偶然にしても、よくできています。

「本当は、何なの?」

お母さんは《簡単に種明かしするのも、もったいないなあ》といった、悪戯《いたずら》っぽい顔で、

「――『ワンニャン大行進』だよ」

なるほど。さきちゃんは近頃、ペットショップの窓を、よくのぞきに行きます。

だから、教えてくれたのです。

《でも、聞きまちがいって面白い》と、さきちゃんは思いました。普通では考え

られない世界をちらりとのぞくような、不思議な感じになります。めちゃくちゃに絵具を振りまいて、そこにできた、奇妙な模様を見るようです。

並んでいる二人の横を、第二小の子が通り過ぎて行きました。ちらりと、さきちゃんを見ました。学年が違うので、はっきりとした挨拶《あいさつ》は交わしません。

「あ、あの子、確か、幼稚園が同じだったね」

「うん」

「一つ上だったよね」

「ありさちゃん」

「そうか。……どんな字、書いたっけ?」

「《あ》はね、えーと」さきちゃんは、知っている漢字を頭の中に並べてみました。そして、答えました。「――《悪魔》の《悪》の心のないやつ」

《り》は《理科》の《理》、《さ》はさんずいに少ないだといいました。

お母さんは、ちょっと困って、

「後の二つはいいけど、《あ》は、違う説明した方がいいよ」

「どうして」

「うーん。やっぱり失礼だろうねえ」

「じゃあ、何ていったらいい？」

「《亜細亜》の《亜》かな」

「《アジア》はカタカナだよ」

「……そうか」

確かに、小学生には説明しにくい字です。

本を借りて外に出ると、ちょうど亜理沙ちゃんが、自転車に乗って出て行くところでした。あちらも二人連れです。男の子が、亜理沙ちゃんの後について行きます。

「弟かな？」

「うん、だいすけ君。《大きい》の《大》に《助ける》の《助》」

そういっているうちに、さきちゃんは幼稚園での出来事を思い出しました。

「あのね、聞きまちがいだと、こんなこともあったんだよ。——幼稚園の時、先生がみんなに昔話を読んでくれたの」

「ふうん」

「そうしたら、お話の中に大蛇が出て来たの。先生はそこで本から顔を上げて、聞いたの。《——大蛇って知ってる?》。みんな、声をそろえて、いった。《知ってるー、ありさちゃんのおとうとー》」

お母さんは、びっくりしました。

「亜理沙ちゃんの弟って——」

さきちゃんは答えました。

「だいちゃん」

ダオベロマン

さきちゃんが歯をみがいて横になると、お母さんも隣に寝て、明かりを暗くし、

「さあ。今日は何のお話がいい？」

と聞きました。

「筆のこと」

「ああ、どうしたのかねえ」

書道教室から帰ったさきちゃんは、洗った筆をベランダに出しました。水を切ってもまだ少し濡《ぬ》れていたので、外で乾かそうとしたのです。手すりの上に乗せておきました。風はなかったし、さきちゃんが住んでいるところは一階で、外はすぐ垣根だから平気だと思ったのです。でも、寝る前に思い出してベランダを見たら、その筆がないのです。お母さんは《明るくなってから探してみよう》といいました。

「誰か、持って行ったのかなあ」
「誰だろう」
「分かんない」
お母さんは、にこっと笑って、
「ドーベルマンかもしれないよ」

書道教室に通う途中に三階建ての大きな家があります。そこにドーベルマンがいるのです。はしゃいで忘れていたりする時に限って、塀の柵《さく》の間からいきなり黒い顔を出して、《うおおおおっ!》と吠《ほ》えかかるのでびっくりします。お母さんと一緒に歩いていて、吠えられたこともあります。お母さんは犬が苦手です。でも、犬の前であわててはいけないといいます。わざとゆっくり歩いて、遠く離れてから振り返ります。まだこっちをにらんでいるドーベルマンを見ながら、ふざけて《ダオベロマン》といいます。
「どうして、筆がいるの」

「さき達が書道に行くのを見て、自分もやってみたくなったんだよ」

「うまくできるかなあ」

「ほかの犬さんや猫さんが、《やあ、いいご趣味ですな。教えてさしあげましょう》っていってきたの。でも、ドーベルくんは、人に教わるのが嫌いだから《があおおっ！》といって追い返しちゃったの。それで、庭の真ん中に紙を広げた」

「墨、するのかなあ」

さきちゃんは、ドーベルマンが、すずりに向かっているところを想像します。

「最初はごりごりすっていたんだけどねえ。ドーベルくんは気が短かった。墨をほうって《うお、うおおっ》、つまり《えい、やってられねえっ》と叫んで、墨汁を使うことにした。それを」と、さきちゃんを見て、

「さきの筆につけて――」

「ずるいなあ」

「毎日、毎日、練習した。なかなか力強い字が書けるようになった。そこで《全

日本犬の書道選手権》に出ることになったの」

「凄《すご》いねー」

「なかなかのものよね」

お母さんは、テレビ番組の口調になり、

「さあ、お待ちかねの《全日本犬の書道選手権》です。一番、ブルドッグさん。二番、秋田犬さん。三番、ドーベルマンさん。さあ、優勝は誰でしょう」

「誰でしょう」

「ドーベルマンさんは、勢いのある字を書くそうで、本命といわれています。さあ、まず最初は、自分の名前を書いてもらいます。一番は、《ブ・ル・ド・ッ・グ》。しっかり書けているぞ。七点、八点、九点。次は《秋・田・犬》。おおっ、漢字なので高得点が期待されます。九点、十点、九点ーっ。十点が出たぞ。いよいよ、ドーベルマンさん。あっ、どうしたことだっ。——《ダオベロマン》と書いてあるっ」

「うふふ」

「一点、二点、一点。ドーベルマンさん、まさかの敗退」

「かわいそう」

しょんぼりと肩を落としたドーベルくんの姿が見えるようでした。

筆は、ベランダの隅にありました。暗かったので、よく見えなかったのです。


さきちゃんは三年二組です。担任は堀まゆみ先生です。みんなから、ほっちゃん先生と呼ばれています。

作文の時間、ほっちゃん先生が《何を書いてもいいぞー》といったので、さきちゃんは、お母さんとの、昨日の話のことを書きました。次の日の朝、返って来た作文には、ほっちゃんの見るだけで元気になるような大きな字で、《あはは、おっかしいー》と書いてありました。体育の時間、さきちゃんが、かけっこの順番待ちで並んでいると、ほっちゃんがすっと寄って来ました。そして《……ダオベロマン》と耳打ちし、そのまま何事もなかったような顔をしています。さきちゃんは、恥ずかしいような、わくわくするような気持ちになりました。

こわい話

しのぶちゃんは怪談が上手です。中でも《おまえだシリーズ》が得意で、帰り道によく話してくれます。――四月四日の四時四十四分に女の人を殺した男が、次の年の同じ時に、犯行現場に行ってみます。すると、小さな女の子がまりをついています。ぽーん、ぽーん……。《お母さんは？》と聞くと《いないの……》。《どうしたの》と聞くと、女の子は、かっと口を開き《殺したのは、おまえだーっ！》。

しのぶちゃんは、この最後のところを、本当に凄《すご》い声で叫ぶのです。誰もまねができません。分かっていても、どきどきします。

休み時間、トイレに行った後、廊下に出ると、そのしのぶちゃんが待っていてくれました。そして、

「さっちん、あっちの窓の方から、何か聞こえなーい？」

またこわがらせるのかな、と思いました。でも、さきちゃんが耳をすますと、確かに校舎の端の方から、ぐわらら、がしゃん、というような音が聞こえるのです。しのぶちゃんが誘います。

「行ってみようよ」

廊下の端まで行って、窓からのぞいてみました。分かりました。学校の近くの二階建ての家を壊しているのです。こちらが三階だから、よく見えます。

屋根に二つ、がいこつの目のように黒い穴が開いています。肩幅の広い男の人たちが、青い瓦《かわら》をはがしては、そこから投げ込んでいます。太陽の加減で、宙を飛ぶそれが時々、きらりと光ります。

瓦は暗い穴にひゅうひゅうと吸い込まれては、家の中で割れて、ばしんがちゃん、と音をたてます。ほこりが煙になって、穴から少しこぼれ出してきます。屋根からは、青い色が見る間に減っていきます。

もちろん、そんな風にするのだから、家の中はすっかり片付けてあり、人もいないに違いありません。でも、さきちゃんは想像してしまいました。——普通に住んでいる茶の間や廊下に、どんどん瓦が降って来て、そこら中が、割れたかけらで埋まるところを。それは、しのぶちゃんの《おまえだシリーズ》よりも、ずっとこわい空想でした。

その日、うちに帰ったさきちゃんは、お母さんに聞いてみました。

「ねえ、《山の斜面》ってこわくない？」

お母さんは、早く来た夕刊を広げて読んでいましたが、それを下ろし、

「なにっ？」

「《こわいこと》って何があるか、考えてたの。そうしたら、《山の斜面》がこわいと思ったの」

「場所が？」

さきちゃんは、首を振りました。

「ううん。言葉が」

「ふうん」

「《しゃ》が、こわいのかなあ？」

「じゃあ《社長さん》は？」

「こわくない」

お母さんは、新聞をたたんでテーブルに置きました。

「そういうことって、説明したらつまらないのよ。《社長さん》だって、実はこわい言葉かもしれない。——でも、今、さきは《山の斜面》を、なぜだか、こわいと思えた。お母さんはね、さきに、そういう感じる力があるっていうのが、とっても嬉《うれ》しいな」


何日かたちました。午後の体操の時間に外に出ていると、どこかから変な声が聞こえてきました。みんながこわがっていると、体操着に着替えた、ほっちゃん先生が出て来ました。

「ほっちゃん、うなり声が聞こえるぞ。よっぱらいかなあ」

と、ムナカタくんがいいました。先生が来たから強気になって《いっしょに見に行こう》といい出します。ほっちゃんも耳をすましていましたが、やがて《子供は来ちゃ駄目》といって、あやしい声のする方に向かって行きました。ほっちゃんの背中は遠ざかり、体操用具置き場の裏に入って行きます。この間、家を壊していたのもそっちです。校長先生が朝礼の時に《気をつけろ》というヘンシツシャでしょうか。みんなが、手に汗を握って待っていると、しばらくして、ほっちちゃんが戻って来ました。くすくす笑っています。みんなは、もうたまらなくなって走りだし、ほっちゃんを取り囲みます。

「なんだった、なんだった?」

「神主さん」

「え?」

「《いいおうちが建ちますように》って、お祈りしてるのよ」

ところで、しのぶちゃんのことです。ある日、《殺したのは、おまえだーっ!》

と叫んだとたん、路地からカートを押して出て来たおばあさんが、ひっくり返りそうになりました。そこで、さんざんに怒られてからは、もっぱら静かな声で霊の話をするようになりました。

さそりの井戸

夏になると、地にはお豆が実り、夜空にはさそり座が輝きます。

さきちゃんは、枝豆のさやを料理用の鋏《はさみ》で切り落としたり、ソラ豆を剝《む》いたりするのが好きです。

そういう仕事は、台所に座って、広げた新聞紙の上でやります。脇《わき》に立ったお母さんは、包丁を使ったり、魚を煮たりしています。

枝豆を切った夜には、帽子をかぶった変なおじさんが、洞窟《どうくつ》の中で枝豆をチョッキン、チョッキンとやっている夢を見ました。おじさんは、さきちゃんの方を向いて、ニヤリと笑って、いうのです。

——君もやるかい？

おかしな夢です。

ソラ豆は、さやの中のふかふかしたところに触るのが、気持ちいいのです。それを敷布団《しきぶとん》にして、まるで管理の行き届いた工場で詰められたみたいに、つやつやした豆たちが並んでいます。ぽこんぽこんと取って、ざるの上に置いて小山を作ります。匂《にお》いに色はありませんが、これをやった後の指は、緑色の香りがするようです。

また夏が来たと思います。

お母さんは、お豆を一つ取って、さきちゃんに見せます。

「ね、おへそがあるでしょ？」

ソラ豆に限ったことではありません。豆には、みんな、おへそがあります。お母さんは、さやの中を見せます。

「――ね、ここのおへそが繋《つな》がっているんだよ。そうして、さやは枝に、枝は根に続いている。――赤ちゃんは、お母さんから栄養をもらう。――同じように、お豆も、おへそから生命をもらってるんだね」

お母さんもさきちゃんも、食べる時に、そのお豆の生命《いのち》の、元気をもらうの

です。

食べる豆は他にもあります。

お母さんは、今夜はウズラ豆を煮ようとしています。そのために、ボウルの中に水を張って、豆をつけてあります。時間が経《た》って、しわしわだった豆の肌が、若返って来ています。

お母さんは、蛍光灯の明るい光の下で、茶色いオパールみたいに、入り組んだ斑《まだら》模様の一粒一粒を見つめます。そして、いいました。

「綺麗《きれい》だね、……自然の色」

夕刊のテレビ番組表を見ていたさきちゃんは、お得意の聞きまちがいをしました。

「え、――さそりの井戸？」

さきちゃんが、そういったのにはわけがあります。昨日の夜、寝る時に、お母さんが宮沢賢治の童話を話してくれたのです。

小さな電球だけにした、薄暗い部屋の中で、お母さんがいいました。

「むかしむかし、バルドラの野原に……」

「うん」

「一匹のさそりが住んでいました。――さそりって知ってる？　ヨシナガ・サソリじゃないよ」

さきちゃんは、薄いタオルケットをお腹《なか》にかけています。それを、ちょっと引き上げながら、

「吉永なら、小百合《さゆり》でしょ」

「まあね。こっちは、さそり」

「エビガニみたいなやつ」

「そうだね。でも、尻尾《しっぽ》の先に毒針がついててね、それで刺すんだよ」

「ハサミで押さえつけて？」

「だろうねえ」

ちょっと怖い。さきちゃんは、わざといいます。

「——お母さん、刺されたことあるの？」

「ないよ」

「じゃあ、どうして分かるの？」

「聞くところによると、そうなんだよ」

「ふうん」

「で、まあ、そのさそりがね、お腹が空《す》くと他の虫を殺して食べて生きていたわけ」

「うん」

「ところが、ある時、逆にお腹の空いた、いたちに追いかけられたの。いたちは、まあ、狐《きつね》の兄弟みたいなものね。それで、さそりも食べられたら大変だから逃げた。——逃げて、逃げて、逃げて、——古井戸に落ちてしまった。地面に口が、ぽっかり開いていたんだね」

「危ないなあ」

「まったくだね、——それでね、さそりは溺《おぼ》れながら考えた。《ああ、神様。わたしは、こうして誰の役にも立たないままに、死んで行くのでしょうか。これなら、いっそ、いたちに食べられていればよかった。そうしたら、いたちは腹を満たし、今日一日を、生き延びたでしょう。神様、わたしは今度生まれて来る時は、自分のことだけでなく、人のために苦しむようになりたいのです》。……神様は、それを聞いて、さそりを天に上げて星にしてくださいました」

お母さんは、この物語が好きなようです。感情をこめて話します。

さきちゃんが、聞きました。

「それが、さそり座?」

「あ、……まあ、そうかなあ」

「さそり座って、どこにあるの」

お母さんは、首をひねりながら、

「もうじき、理科でやるよ」

「知らないの」

「うーん、理系、苦手だったからなあ。星座で分かるのはオリオングらいだなあ」

オリオンは冬になると、ちょうど前の道に立った時、正面に見えます。お母さんが指さして、教えてくれたことがあります。

「そうなのか」

「さそり座にはアンタレスっていう赤い星が輝いてるんだ——っていうけど、よく分からないな」

「じゃあ、さきが学校で習って、教えてあげる」

「頼むよ」

「うん……」

さきちゃんは、目をつぶりかけて、また開きました。

「ねえ……」

「何?」

「さそりが、《いたちに食べられた方がよかった》と思うでしょ」

「うん」

「神様が、《それじゃあ》っていって、井戸から上げて、いたちの目の前に置いたら、さそりはどうするんだろう？」

お母さんは、困りました。

「うーん」

「どうなる？」

「――やっぱり、逃げるんだろうね」

さきちゃんは、薄暗い中で、目をぱちぱちさせました。電気蚊取りの臭《にお》いが、足元から微《かす》かに漂って来ました。

「……そうしたら、神様は、さそりのこと、《嘘《うそ》つきだ》って怒るのかな」

お母さんは、すぐに、さきちゃんに顔を寄せていいました。

「――怒らないよ」

本当は、《それに、神様だったらそんな意地悪なことしないよ》と続けたかったのです。でも、この世ではいろいろなことが、――本当に信じられないようなことが――起こります。だから、そういい切る自信もなかったのです。ただ、これだけはいってあげたいと、同じ言葉を繰り返しました。

「怒らないよ」

その次の日ですから、さきちゃんが《自然の色》を《さそりの井戸》と聞いたのも、まったく無理とはいえないのです。

お風呂《ふろ》に入って、汗を流し、さっぱりとパジャマに着替えたさきちゃんは、今日も布団の上に横になりました。

寝る時にはクーラーを切って、網戸にします。外から、ようやく涼しくなった風が入って来ます。

さきちゃんは、いいました。

「ねえ、また、あの話して」

「さそり?」

「うん」

そういわれては仕方がありません。お母さんは、話し始めました。

「むかしむかし、バルドラの野原に、一匹のさそりが住んでいました」

「うん」

「さそりは、いつも他の虫を食べていましたが、ある時、自分がいたちに追いかけられました」

「うん」

「あわてて逃げる途中、古井戸に転げ落ちてしまいました」

お母さんは、ふと、さきちゃんが昨日の話をどれぐらい覚えているかな、と思いました。

——聞いてみることにしました。

「さあ、井戸に落ちたさそりは、どう思ったでしょう」

さきちゃんは、少し考えてから答えました。

「——しまった」

ヘビノボラズのおばあさん

さきちゃんの学校では、保護者が交代で《旗振り》することになっています。朝、通学路の要所要所に立って、交通指導をするのです。オレンジっぽい黄色の旗を使うので、そう呼ばれます。

さきちゃんのお母さんの受け持ちは、団地の横です。そこに信号のない十字路があるのです。

月に一回ぐらい、これが回って来ます。お母さんは、さきちゃんより、ちょっと早めに出て、旗を振る用意をします。

最初の子の姿が見えてから、十五分か二十分ぐらいで、みんな通り過ぎます。——といっても、本当に忙しいのは真ん中の五分ぐらい。ほとんどのグループは、その時間帯に通ります。

「おはよー」

お母さんが声をかけても、元気に《おはようございまーす》と返す子は、まれです。黙っていたり、口の中でもごもごいうだけの子が多いのです。

お母さんは黄色い旗を振って、交通整理をします。といっても、自動車を止めたりはしません。車が見えると、道を渡ろうとする子供たちにストップをかけるのです。子供を見て、向こうから止まってくれるドライバーもいます。そういう時には頭を下げて渡らせます。

早く来る子たちは余裕があるのに、さっさと歩きます。時間ぎりぎりに来る子の方が、のんびりしています。背伸びをしてうかがっても、やって来る子の姿が見えなくなれば、おしまいです。

これが、町のゴミ出しの日と重なると、忙しい朝になります。でも、お母さんは、《旗振り》が嫌いではありません。

今朝もそういう日でした。お母さんが旗を振っているところから、団地のゴミ出しのコーナーが見えます。すぐ近くです。

「あらっ？」

お母さんがつぶやきました。

さきちゃんが、学校から帰って来ると、お母さんは、おやつのポップコーンを、菓子鉢にあけました。白い山が出来ます。

それを二人でつまみながら話します。お母さんが、いいます。

「今朝ね、旗振りの時、黄色いカーディガンのおばあさんが団地から出て来たんだ。ゴミを出してたの」

それだけなら、別に何でもありません。

「ふうん」

「――だけど、使ってたのがスーパーの袋だったのよ」

町指定のゴミ袋は、緑色のビニール製です。

「違うと、どうなるの」

「持って行ってくれない。その場に、残されちゃう。だから、よっぽど、いってあげようかと思ったんだ。でも、旗振りの最中だったでしょう」

「さきが来る前？」

「ちょうど来た頃よ。後から後から、続いて来るから、持ち場は離れられなかった。でも、気になった。……しばらくすると、人が途切れて手持ち無沙汰になったから——」

さきちゃんは、ポップコーンを嚙《か》みながら、

「手持ちブタサって何？」

手に提げられる《豚さん》なら可愛《かわい》らしいものです。

「手持ちブサタだよ。——ひまなこと、つれづれ」お母さんは、余計、難しいことをいいます。「——つれづれなるままに、ゴミのところまで歩いて行ったの。そうしたら、白いビニール袋には、……紙が貼《は》ってあった」

お母さんは、そこで気を持たせて、話を切ってしまいます。さきちゃんは、次のポップコーンをつまんだまま、

「何の紙？」

お母さんは、ゆっくりと頷《うなず》いてから、

「ゴミを集めてくれる人への挨拶《あいさつ》だね。筆ペンで書いた上手な字だったよ。――お世話になります。トゲのある木なので、段ボールでよく包んだつもりです。出ているところのトゲは取りましたが、お気をつけくださいませ。宜《よろ》しくお願いいたします。ありがとうございます」

と、お辞儀をしながら、いいました。

「木を捨てたんだ」

「木といっても、花瓶にさすぐらいの短い枝が何本かだった。葉っぱがちょっと見えたけど、綺麗《きれい》に紅《あか》くなっていた。きっと、飾ってあったんだろうね。――昔

だったら燃したんだろうけど、今はゴミ燃しが禁止になってるでしょ。その辺に捨てて、子供が怪我《けが》をしてもいけないから、燃えるゴミで出したんだろうね」

　生ゴミの日には、他にも、剪定《せんてい》した庭木などが、よく出されます。

「そうか」

　と、さきちゃんは、つまんだポップコーンを口に運びます。

「さて、お母さんは考えた。これだけ丁寧なご挨拶がついている。――《宜しく》なんか漢字で書いてあるんだよ」

「どう書くの?」

　お母さんは、新聞の空いたところにサ

インペンで書いてくれました。そして、「《決まり》だと持って行かないことになっている。だけど、この袋はどう扱われるんだろう——それが気になったのよ。うちに帰って、洗濯物を干していたら、ゴミ収集車のオルゴールが聞こえて来た。《そろそろだな》と思ったから、——干し終えたところで、自転車に乗って、結果を見に行ったの」

さきちゃんは、感心します。

「——ひまだねえ」

「ちょうど収集車が出るところだった。青い車の後ろ姿が見えた。それでね、……ゴミは全部なくなっていた」

「持って行ってくれたんだね」

「そう」

「置いとくと危ないからじゃない」

「それもあるだろうけど、やっぱり、礼を尽くしてあったからじゃないかな。何だか、《決まり》に人情が勝ったような気がして、嬉《うれ》しくなったのよ。だから収集車の後に、ちょっとだけついて行っちゃったわ」

人が見たら、怪しい奥さんです。

秋晴れの日曜日になりました。さきちゃんとお母さんは、自転車を並べて川沿いの道に出ました。しばらく行ったところで、お母さんが、

「あ……」

と、いいました。旗振りの旗のような黄色いカーディガンが見えたのです。おばあさんが、土手で何かしています。野の花を観察しているようです。

お母さんは、側まで来たところで、自転車を停めました。

おばあさんは、こちらに向かって、にっこりと微笑《ほほえ》みました。白い髪をきちんとまとめた、しっかりした顔です。

お母さんは、ちょこんと頭を下げて、

「こんにちは」

といいました。さきちゃんも同じ言葉を続けました。おばあさんは、さきちゃ

んを見て、目を細めました。

「あら、お散歩？　いいわねえ」

さきちゃんは、おばあさんの前に生えている草を見ました。

細い茎の上に、お寿司《すし》の鯛《たい》でんぶを白っぽくして、つまんで置いたような、小さな花が密集して咲いていました。背は、おばあさんの肩ぐらいまであります。

それなのに目立たない、地味な草です。

お母さんが、いいました。

「お花を、ご覧になってるんですか」

「ええ、秋の七草。藤袴《ふじばかま》」

「あ、それが――」

「乾かすといい匂《にお》いがするのよ。駅まで、川の両岸歩いたけれど、生えていたのは、ここだけね」

「藤袴って、実感ありませんでした。知らないと通り過ぎちゃう。……でも、そのつもりになって見ると風情《ふぜい》がありますね」

自転車のスタンドを立てて、土手を下りて行ってみました。さきちゃんは、お母さんの言葉を聞いています。

「吾亦紅《われもこう》や薄《すすき》なら、すぐに分かるんですけれど――」と、まずいっておいてから、お母さんは、「……あの、この間、トゲのある木を、お出しになった方ですよね」

おばあさんは、ちょっと驚いたように、

「はい？」

お母さんが事情を説明します。おばあさんは、何度も頷いて、

「慣れてなくて――。ごめんなさい」

お母さんは、《とんでもない》と胸の前で手を横に振り、

「あの木は、何というんですか」

「ヘビノボラズ」

「え？」

「トゲがあって蛇も登れない、というのね。別名がトリトマラズ」

さきちゃんは、何だか可哀想《かわいそう》な気がしました。太くて堅いトゲを出しているの

は、自分です。おかげで蛇が来ないのはいいかも知れないけれど、鳥までとまらなくなったら、ちょっと、つまらない。

「いろいろ、お詳しいんですね」

「そんなことないわよ。——あ、藤袴はね、もし切ったら、すぐに持って帰って水にさしてね。しおれるのが早い花だから」

おばあさんは、そういうことも教えてくれました。それから、ちょっと離れたところにある草を指さします。

「お嬢さんには、こっちの方がいいかな」

おばあさんは、その草の種を採って、さきちゃんの手のひらに置いてくれました。黒い丸薬のような種です。

「よく見てね。ハートがついてるでしょう?」

なるほど、黒の地に、小筆で丹念に描いたように、白いハート形が浮かんでいます。二つ、三つと転がった種に、みんな可愛らしいハートがついています。魔法みたいです。

おばあさんに教えてもらったおかげで、玄関に藤袴を飾ることが出来ました。秋の風が一緒にそこに来たようです。

でも、残念なこともありました。それから一週間ぐらいして行った時には、土手の草刈りがあって、藤袴も、あのハートの種をした草も、全部根元からなくなっていたのです。

お母さんは、さきちゃんにいいました。

「きっと、また来年咲くから、場所を覚えていてあげようね」

さばのみそ煮

さきちゃんのお母さんは、よくCDを買って来ます。さきちゃんの知らないクラシックの曲ばかりです。聴くだけではありません。さきちゃんと二人だけの時には、いろいろな曲をハミングします。これが実は、とても迷惑なのです。なぜって、お母さんは——救いようのない音痴だからです。

たまたま学校で習っている曲を、お母さんに歌われたこともあります。さきちゃんは頭が混乱しそうになって困りました。『主よ、人の望みの喜びよ』という曲のピアノ版を聴いたさきちゃんが、「好き」といったら、お母さんは自信たっぷりに「たら、りらり、りらり、りらり——」と口ずさみ始めました。そのメロディーが、どうしたら、こんなに変えられるのだろうと思うぐらいに違っているのです。さきちゃんは《主も、さぞ怒るだろう》と思いました。

まったくでたらめの、おかしな歌を口ずさむこともあります。洗濯物を干す時、

「一のお仕事、どんどれなりけりや」と歌いながら、最初のタオルをかごから取り、「一のお仕事、こんこれなりけりや」と吊《つる》し始め、「一のお仕事、終わりなりけりや」といって干し終わります。その次が、「二のお仕事」になるわけです。これは何度も聞きました。

秋になったある日のことです。夕食の時、お母さんが、さばを煮ていました。あたりはしんと静まり返っています。おみその香りが台所に広がります。さきちゃんは、テーブルに向かって、宿題をやっていました。その時、お母さんがゆっくりと歌い出したのです。

「月のー砂漠を
さーばさばと
さーばのーみそ煮が
ゆーきました」

さきちゃんは、思わず鉛筆の手を止め、いいました。

「――かわいい！」

「え？」

「今の」

お母さんは、みそ煮をお皿に取りながら、

「そう？」

「うん。広ーい広い砂漠を、さばのみそ煮がとことこ行くのって、とっても、かわいいじゃない」

「……なるほど」

教科書とプリントを片付けて、ご飯になりました。お母さんは静かです。何か考えているようです。

「どうしたの」

「うん。あのね、さきが大きくなって、台所で、さばのみそ煮を作る時、今日のことを思い出すかな、って思ったの」

「──かもしれない」

お母さんは、豆腐のおみそ汁を一口すすって、

「お母さんが《一のお仕事》っていう、でたらめ歌を歌うことがあるでしょ」

「うん」

「あれ。お母さんが子供の頃、お母さんのお父さんが一回だけ歌ったの」

「おじいちゃんが？」

「そう。お母さんが、ちょうどさきぐらいの時よ。日曜日で寝坊してたの。そうしたら、お父さんが横の自分たちの布団《ふとん》をたたみ始めた。その初めに《一のお仕事、どんどれなりけりや》っていったの」

「へえー、信じられない」

おじいちゃんは三年前に亡《な》くなりました。さきちゃんのお絵描きを持って行くと嬉《うれ》しそうに、にこにこしてくれました。長いこと、学校の先生をしていたそうです。とてもまじめそうで、でたらめ歌を歌うようには見えませんでした。

「そうでしょう。普段は、冗談なんかいわなかった。だから意外だったの。わた

し、おかしくって寝ながら笑っちゃった。そうしたら、ぴょんぴょん踊るような格好をしながら、《一のお仕事、こんこれなりけりや》って続けるの。おかしくってお腹《なか》が痛くなった」

さきちゃんの頭に、小学三年生のお母さんが、布団から首を出して、大笑いしているところが浮かびました。

その夜、さきちゃんの脇《わき》に、ごろんと横になったお母さんは、

「今日は遅いから、お話はなし。はい、お休み、お休み」

といいました。そして、掛け布団を首のところまで引っ張り上げ、すうすうと寝息をたてるまねをします。でも、疲れていたのか、まだ着替えてもいないのに、本当に寝てしまいました。

さきちゃんは、口の中でつぶやきました。

「月の砂漠をさばさばと……、さばのみそ煮がゆきました……」

そして、小さな手を伸ばし、お母さんの指をそっと握りました。

川の蛇口

朝です。

さきちゃんは、《もうそろそろ起きなくちゃ》と思っていました。とろとろとした柔らかなものに包まれているような、短いけれど気持ちのいい時間です。

お母さんが朝の支度をしている音が、カチャカチャと聞こえます。普段なら、耳に入るのは、それだけです。加わる音は、せいぜい早起き鳥のさえずりぐらいです。

でも今日は、違いました。伴奏のように《ごうっ》という空の唸《うな》り声が響いているのです。

昨日の午後から、強い雨が降りだしました。台風が来るという話でした。予報通りになったようです。

電話が鳴りました。

「おっ？」

さきちゃんは、ぱっちりと目を開きました。お母さんが受話器を取って話しています。小学校の緊急連絡網でしょう。

「ねえ、どうなったの？」

お母さんは、すぐには教えてくれません。

「目が覚めてるんなら起きなさい。ご飯にするから」

でも、連絡網なのですから、お母さんは次の人に電話しなければなりません。耳をすましていれば、どんな連絡だったか、すぐに分かります。

お母さんは、こういいました。

「――はい、二時間遅れです。九時二十分に登校班の集合場所に集まって下さい」

お休みにならないと知って、さきちゃんは、がっかりしました。起きると、眠っている猫の模様のついた赤いパジャマのままで、ベランダの窓から、外を見てみました。

暗い空から、雨がひっきりなしに吹き付けてきます。いつものしずくを子供としたら、太ったおじさんぐらいの水滴です。それが、鞭《むち》を打つような勢いでガラス窓に叩《たた》きつけられています。ひゅうう、ごおお、と風が鳴っています。

朝ご飯は、おみそ汁に魚の開きでした。食べ終わると、なんだか中途半端な気持ちになりました。

お休みなら、のんびりしようという気持ちにもなります。でも、出かけなければならない。その前の二時間というのは、どうも落ち着きません。何もしないうちに、十分、十五分が、すぐに経《た》ってしまいます。

さきちゃんは台所から動かず、椅子《いす》に座ったまま、いいました。

「台風の日って、なんだか地下室に入ったみたいだね」

お母さんは、お茶碗《ちゃわん》やお皿をざっと流してから、水につけます。

「地下室だったら、もっと静かなんじゃない？」

「でもさ、なんだか、地面の底にもぐったみたい」

お母さんは、前の椅子に座って、あっさり認めました。

「そうだね」

雨戸のあるところは、全部閉まっています。だから、そんな感じになるのでしょう。

「ねえ、小学校の時、台風でお休みってあった?」

「ああ、どうだったかなあ……。高校なんかだと、電車が止まって休校になったけど」

納得できません。

「電車も止まるような大嵐《おおあらし》の時に、子供を外に出してもいいの?」

お母さんは、頷《うなず》きます。

「もっともだ」

「でしょう?」

「そう考えると、お休みもあったんだろうね。——そうそう、学校が早く終わって、帰る途中で風に飛ばされたことがあった」

「漫画みたい」

「本当だよ。さきより、もうちょっと小さい頃だった。小学一年ぐらいかな。先生が《今日はあぶないから、もう帰りなさい》っていって、午前中で学校が終わったの。だけど、外に出たら横なぐりのすごい風。畑の中の一本道に来て、体がふわっと浮いた感じになった。それで、よろよろってよろけて倒れたの」

「空に飛ばされたわけじゃないんだ」

「まあね、そこまではいかなかったんだけど、傘が逆さの、おちょこの形になって、大変だった。——そんなの災害のうちにも入らないけど、とにかく、自然の力の偉大さを知ったわ」

さきちゃんも、小さい頃のことを思い出しました。

「台風のことだとね、わたし、ずっと話してないことがあるんだよ」

「なあに」

「小学校に上がる前だったけど、ごうごう風が吹いてるのに窓開けてて、お母さんに怒られたことがあるの」

「そうだったっけ？」

「うん」

「外を見てたの？」

「違うの。あんまり風がすごいから、心配になったの。それでね、《ここで、うちの中に風を入れておけば、少しは違うかな》と思ったの。《食い止められるかな》って」

お母さんは、感心しました。

「はああ、災害対策だったんだ」

「そう、みんなのため」

「偉いねえ」

八時をまわりました。でも、雨や風の勢いは強くなる一方です。

「ほかにもやったのよ。水道の水をどんどん出したの」

「それはどうして？」

「テレビに洪水の様子が映ったの。川が溢《あふ》れて、家が流されていく。《これは大変、なんとかしなくては》と思ったの」

「ほお？」

「その頃は、わたし、水道の水が川から来ると考えていたの。川には、水がいっぱいあるでしょ。——だから、溢れたら大変だと思って、蛇口をひねったの」

お母さんの頭に、大きな川が浮かびました。それは水を満々とたたえています。今にも堤が切れそうです。川の底は、漏斗《じょうご》のようにすぼまっています。漏斗の先端には、可愛《かわい》らしい蛇口がついています。小さなさきちゃんがそれをひねって、水を逃がしています。さきちゃんの顔は、真剣です。

「……なるほど」

「それなりにがんばったのよ」

「でも、理解されなかった？」

「そう、怒られた。だから、よく覚えてる」

「ふざけてたわけじゃないのにねえ」

「うん」

お母さんは、腕組みをしました。

「ごめんなさいね」

さきちゃんは、ちょっと生意気な口調で、

「別にいいんだけどね」

と、答えました。さきちゃんだって、今、そんなことやっている子供を見たら、きっと、やめさせるでしょう。

さて、お母さんは、こんなことを考えました。

――子供のやることにも、理屈があるのね。あなたのことはとっても可愛い。――でも、あなたの理屈が見えないことは、これからだって、きっとある。そちらから、こちらが見えないことも。――いい悪いではなくて、そういうものよね。

登校時間が遅くなったのに、台風の勢いは強くなる一方でした。大きな木も、ぐらぐらするぐらいに揺れています。どこかで、何かが風に飛ばされたのか、ガシャンという音がしました。普通に行った方がましだったくらいです。

「また電話がかかって来るよ」

お母さんがいったら、その通りになりました。

「――もう二時間遅らせるんだって」

さきちゃんは、《今度かかって来たら、お休みの連絡だな》と思いました。

でも、そのあたりが暴風雨の山でした。しばらく経つと、雨も風も今までの騒ぎが嘘《うそ》のように、ぴたりとやんでしまいました。そして、ペンキ塗り立てのような、つやつやした青空が広がりました。

まだ、登校時間までには間があります。お母さんが、いいました。

「川に行ってみようか」

さきちゃんは、こくんと頷きます。

近くを、大きな川が流れています。洪水は困ります。でも、溢れない程度なら、増えているところを見たくなります。

お母さんと並んで、細い路地を抜けていきました。生け垣の葉っぱも、ぴかぴかしています。

なんだか、わくわくします。濡《ぬ》れて黒くなったアスファルトに、飛ばされて来た木の葉がたくさん張り付いていました。

「うわあ」

いつもなら、とても見えないあたりから、もう水面が見えます。水位が高くなっているのです。

川岸に立つと、信じられないくらい近くを水が流れています。土手の草を洗いながら、どんどん流れて行きます。まるで、水がぐうっとはい上がって来るようです。今にも手を伸ばして足をつかまれそうです。

川は普段よりも、泥の色が濃くなっていて、水草の大きな固まりや、木の切れ端や、どういうわけか発泡スチロールの箱などまで流れています。向こう岸が、いつもより、ずっと遠くに見えました。

「魚はどうしているんだろう。喜んでいるのかな」

「さあ、どうだろうね。水がもっと増えると川がこう高くなる」と、お母さんは、手をぐんぐん上げて見せます。「天井ぐらいまで行った時、横からのぞけば、ゼリーみたいに中が見えるかもしれないよ」

あいかわらず、のんきなことをいっています。

台風の通り過ぎた後は、空気もきれいです。大きなホースで、そこら中が洗われたようです。

もう少し散歩していたいけれど、登校時間が近づいて来ました。うちに戻らなければなりません。

さきちゃんは、溜《た》め息《いき》をついて、

「ここまで来たら、いっそのこと、お休みになるかと思ったんだけど」

「残念でした。でもね、お母さんは、お昼には行くことになると思ってたわ」

「えっ。どうして？」

お母さんは、笑っていいました。

「一応は、給食の用意するでしょう。無駄にはできないものね」

ふわふわの綿菓子

土曜日は、お腹《なか》が空《す》きます。

教室で《さようなら》をして、体育館の横を抜け、校門を出て、実ってコーンスープのような色になった田圃《たんぼ》の中を歩き、歩道橋を渡り、幼稚園の横を過ぎ、また稲穂の波の中に出て、国道を渡り、広い道を右に折れ、工場のコンクリートの塀に沿って進み、住宅地に入って帰って来る間に、お腹は、もうペコペコになってしまうのです。

さきちゃんが家に着くと、準備していたお母さんが、すぐに肉を焼き始めます。ジュージューという音がして、生姜《しょうが》のいい香りがさきちゃんの鼻を攻撃します。ご飯とおみそ汁を仲良し二人組みのように並べ、箸《はし》を置きながら、さきちゃんがいいました。

「今日ね、犬に名前つけながら、帰って来たんだよ」

「え、どういうこと？」

「優子ちゃんと一緒に帰って来たの」優子ちゃんは犬が好きな子です。「犬の話になってね——」

「なるほど、出会ったワンちゃんにネーミングして来たんだ」

「うん」

《いただきます》をします。肉をまず一切れ食べ終えたところで、さきちゃんがいいました。

「最初がマロ」

「マロ？」

「芝生のうちにいたの。白くって、ふわふわしてて、マシュマロみたいだった」

今日はいいお天気でしたから、白が一層明るく見えました。小さなマロは、コロコロ転がるように走っていました。

「なるほど」

「次が、——オペラ」

「どうして」

「黒い犬でね、わたしたちが通ったら、首を上げて喉《のど》を見せて《ウォウォ、ウォー、ウォー》って歌うみたいな声を出したの」

「あ、なーるほど」

と、お母さんは頷《うなず》きます。さきちゃんと一緒に、世界的なテノールが歌うテレビ中継を観《み》ました。それでだ、と納得したのです。

でも、お母さんは、ただ話を聞くだけではありません。ブロッコリーを口に運びながら、いつものようにいいます。

「――お肉だけじゃ駄目よ。ちゃんと緑も食べてよ」

「食べてるよ」

と、さきちゃんは、茹《ゆ》でられて色鮮やかなブロッコリーに、箸を伸ばします。

マヨネーズをつけて、噛《か》みながら、

「――三匹目が、――ゴム工場のところに――いたの。これが――アオリン」

「え？」

と、お母さんは首をかしげます。さきちゃんは、同じ言葉を繰り返します。

「――アオリン」

「白犬、黒犬と来て――青犬ってことはないよね」

さきちゃんは、ごくんとブロッコリーを呑《の》み込んで、

「いたら怖いよ」

「そりゃそうだ。えーと、分かった。顔色が青い、元気がないの」

さきちゃんは、口を突き出し、

「ブッ、ブーッ」

「じゃあ何よ」

「段ボールの空き箱から顔出してたの」

お母さんは、きょとんとして、

「それがどうして、アオリンなの？」

「――青林檎《りんご》の箱だったの」

夜、寝る時にも名前の話になりました。

運動会について話していたら、式次第のことになりました。式には偉い人の挨《あい》拶《さつ》が付き物です。そこで、お母さんが聞いたのです。

「校長先生、何ていったっけ」

布団《ふとん》から首を出したさきちゃんが、答えます。

「福島」

「それは知ってるんだ。名前の方」

「分かんない」

横にごろんと添い寝したお母さんが、

「……どんな名前だと、ぴったりかな。福島太郎」

「浦島太郎みたい」

「福島福男……」

安易です。

「校長先生だから、豪華な名前じゃない？」

「あはは」

「どうしたの」

「さき、小さい頃、《大統領って金のズボンはいてるの？》って聞いたよ」

それは《豪華》です。

「はいてたら、歩きにくいね」

「そうだねえ」

お母さんは生返事をしながら、《豪華な名前》を考えているようでした。やがて、結論が出ました。

「……福島……デラックスだ」

なるほど、これならぴったりです。さきちゃんは、たまたま知っている言葉を使ってみたくなりました。

「第一小の校長先生は、ゴージャスかな」

お母さんは、笑いながら、

「鈴木ゴージャス！」

「鈴木なの？」

「ううん、仮につけてみただけよ」

「あ、そうか。――じゃあ、第三小は？」

「佐藤、かな」

「佐藤――、何だろう」

「うーん」

考えているうちに、眠くなってしまいました。

次の朝、お母さんが起こしに来て、いいました。

「あれ、分かったよ」

「あれって？」

「第三小の校長先生」

「なあに？」

お母さんは、胸を張って自慢げにいいました。

「——佐藤デリシャス」

一晩、考え抜いたのかな——と、さきちゃんは思いました。

でも、福島デラックス先生と鈴木ゴージャス先生と佐藤デリシャス先生が集まって会議を開いていたら、凄《すご》いだろうな、とも思いました。

絢爛《けんらん》豪華な話し合い。金のズボンが似合いそうです。

日曜日だから、のんびりしていられます。朝のスープを飲みながら、聞いてみました。

「わたしの名前は、どうやってつけたの」

「ああでもないこうでもないと、何日も考えたよ。いろんな案が出たけど、最後に《花が咲く》から《さき》って閃《ひらめ》いたら、すんなり決まっちゃった。先頭の《先》にも通じるしね」

「へええ」

「ただの《さき》じゃなくて、《美しい》をつけて《美咲》にしようか——というのもあったわ。これだと《岬》にも通じる」

「ふうん」

自分が、《さき》ではなく、《美咲》になっていたかも知れない。そう聞くと、不思議な気持ちになります。名前だけのことです。自分は自分。でも、何かがちょっと違っていたような気にもなります。

そこで、さきちゃんは、春先の、くまの名前のことを思い出しました。くまさんの姓が新井になったら《あらいぐま》さんになるという冗談です。

お母さんは、あの時、最後に真剣な顔になりました。名字の方が替わるということについて、考えてくれたのです。

お母さんの心の中に浮かんだのが、どんな思いだったか、さきちゃんには、はっきりとしません。でも、お母さんが何かを考えた——ということだけは分かります。

その時、さきちゃんは、ふわふわの——綿菓子を思い出しました。

薄いピンクの雲のように、割り箸の先に引っ掛かった綿菓子。お祭りの時、お母さんに買ってもらったのです。小学校に上がる前でした。こんな夢みたいな形で、甘いお菓子なのが、面白かった。チョコレートともケーキとも違います。

さきちゃんは、どうしても、お父さんに見せてあげたくなりました。だから、雲の端を少しちぎってお皿に載せ、食器戸棚にしまっておいたのです。

でも、次の日、見たら、ふわりとしていた綿菓子は、ぺしゃんとつぶれていました。桜を薄くしたような色だったのが、お皿にこびりついた、紅色っぽく、じとじとした、ただの溶けた砂糖になっていました。

お父さんが起きて来ても、昨日の、ふくらんだ綿菓子を見せてあげることはもうできないのです。さきちゃんは、何か、とても切ない気持ちになりました。

今も忘れられないくらいの強い思いです。

でも、それを口にしてはいけないような気がして、お母さんにはいいません。《さき》という名前について、お父さんが、どういっていたかも、聞きませんでした。

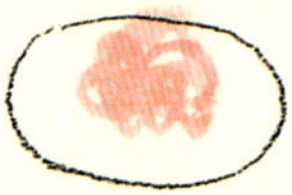

連絡帳

どこの小学校でもそうでしょうけれど、さきちゃんの学校でも連絡帳を使っています。

お帰りの前に、先生が黒板に書いたことを、みんなで写すのです。

こんな具合です。

（れ）三十日までに、ゆびよりほそい物をあつめる。ひもるい、はり金、ストロー、わりばし、などなど。

（れ）というのは連絡事項です。これは工作の準備。（しゅ）が宿題、（も）なら持って来るものです。

写し終えた後、ほっちゃん先生は、連絡帳を隣の子と交換させます。よく黒板と見比べて、間違いがなかったらサインをして返します。

二学期の席替えで、さきちゃんはムナカタくんの隣になりました。ムナカタくんは足も速いし、勉強もできます。休み時間には、面白いことをいって、みんなを笑わせます。

ムナカタくんは、最初の三日だけ、《竜》とサインしました。名前がリュウノスケなのです。でも、四日目に、なぜだか、

《ＡＢＣ》と書きました。その次の日は、

《ロボットの絵》でした。次の次の日には、

《人だか何だか分からないものが、両手を挙げて力こぶを作っている絵》になりました。

家では、お母さんが連絡帳を見てサインします。

お母さんは、その絵をしばらく見ていましたが、横に赤ペンで、

《つよそう》と書き添えました。さきちゃんが、下に、

《母、心のことば》と付け加えました。
翌日のお帰りの時間、さきちゃんの連絡帳を見たムナカタくんは、《坊主頭《ぼうずあたま》にサングラスの男が出刃包丁を振り上げている》サインをしました。それを見たお母さんは、ペンをとって、
《こわいぞーっ、何だこりゃー》
次の日、ムナカタくんが、《握りこぶし》を描いてくると、お母さんは、《手を広げた、じゃんけんのぱあ》を描き、《かったー》と書きました。ムナカタくんは、カタカナで、《ムカッ》と書いて、
《ぐう、ちょき、ぱあ》を三種類取り揃《そろ》えて描いてきました。お母さんは、それに茎と葉と植木鉢をつけて、
《お花》にしてしまいました。上には、パタパタと蝶《ちょう》を飛ばせています。

夜、出版社の人から、お仕事の電話がかかって来ました。お母さんは、用がすんだ後もしばらく雑談をしていました。気の合う相手のようです。さきちゃんが、聞くともなしに聞いていると、こんなことをいっています。

「わたし、今、男の子と交換日記やってるんだ」

さきちゃんは、何だそりゃ、と思いました。

何日か後、ムナカタくんが、《鬼だか化け物だか分からない、元気そうな顔》を描いて来た時、お母さんは、それに胴体をつけて胸の名札に、《ムナカタ》と書きました。

《ムナカタくんて、こんな子か》と説明してあったので、さきちゃんが、《なんちゃって》と書きそえました。さっそく、ムナカタくんは、《ペンを持ったブタ》の絵を描いて、《さっちんのかあちゃん》と返します。

「むー、失礼なやつめ」

お母さんは、すぐボールペンを握りましたが、あまり人のことはいえない、とさきちゃんは思います。お母さんは、薔薇《ばら》の花に囲まれた、きらきらの大きな目をした顔を描き、
《さっちんのかあちゃん。美人だぞ》と説明をつけました。

授業参観の時、お母さんはムナカタくんを見ていました。どんな子か関心があったようです。ムナカタくんも、さきちゃんのお母さんはどこにいるのか小声で聞いてきました。礼が終わると、ムナカタくんはすぐに廊下に飛び出して行きました。さきちゃんが、こっそり追いかけ、様子を見ていると、ムナカタくんは、交換日記の彼女のところに行き、

「なーんだ。絵と全然、違うじゃん」

文通している相手とは、会わない方がいいこともあるよね、と、さきちゃんは冷静に考えつつ、一方で、うちのお母さんも、まだまだ捨てたものでもないのに、と思いました。

お母さんはといえば、珍しく頬を染めながら、

「そんなことないでしょ、かっこいいじゃない」などと抵抗していました。

それからも、おかしなやり取りは続いています。ムナカタくんがお休みで別の人がサインした時には、連絡帳の中で、

《ムナカタ、がんばれ》という旗が振られました。翌日は、

《ぎょろりとした目の化け物が大口を開けて》叫びます。――

《ふっかーつ》

やれやれ、三学期の席替えまで、この調子だな、と思うさきちゃんでした。

猫が飼いたい

冬休みの、ある日です。

「猫、飼えないかなあ」

と、さきちゃんがいいました。

「駄目なの。——知ってるでしょ？」

と、お母さんが答えます。住んでいるところの決まりなのです。さきちゃんにも、それは分かっています。

図書館に行くと、猫の本や雑誌を借りて来ます。テレビで猫の放送があると、よく見ます。種類を当てる番組だったりすると《出てみたいな》と思います。さきちゃんは、ノルウェージャン・フォレスト・キャットやコーニッシュ・レックスなども、すらりと答えられるのです。百問答えて、百万円もらえるかも知れません。

書道教室に行った帰りには、ペットショップのショーウィンドウをのぞきます。子猫が縫いぐるみみたいに眠っていたり、はじけるように遊んでいたりしました。うちの窓から野良《のら》猫が見えると、そっと出て行って、側に寄ろうとします。──もっとも、この時には、いつも逃げられてしまいます。

自分の机のカレンダーの写真も、いろいろなポーズの猫たちです。

でも、一戸建てではないから飼えないものとあきらめていました。

それなのに今日、友達の家に遊びに行ったら、そこで猫を見てしまったのです。友達にじゃれるところを目撃してしまったのです。

たまらなくなって、つい一言、つぶやいたさきちゃんでした。

スーパーでレジの列に並んでいたら、百円の玩具がいくつか吊《つる》されていました。ファミリー・レストランでも出口のところに子供向けの商品が置いてあったりします。あんな感じです。

その中に、緑色の、手のひらに乗るぐらいの蛙《かえる》がありました。ゴム製の後ろ足が折り畳まれています。お尻《しり》から管が出ていて、小さなポンプがついています。それを握ったり放したりすると、後ろ足がピョコン、ピョコンと動くようです。

「……あ、懐《なつ》かしい」

と、いったのはお母さんです。

「この蛙？」

「うん。今でも、こんなのあるんだ」

前の人が進んだので、下に置いてあったかごを動かします。

蜜柑《みかん》やお餅《もち》が入っています。

「持ってたの？」

「そう。玩具屋さんで見て、これが欲しくてね。——お母さんが買ったのは、体の方もゴムだったと思うよ」目の前の、蛙の胴体は、つやつやしたプラスチックです。「お小遣い貯《た》めて、やっと買ったの」

女の子らしくありません。

「変なの」

「――《これを水に浮かべて、動かしたら、生きてるみたいに、スイッ、スイッ――って泳ぐかな》と思ったの。そうしたら、やってみたくてたまらなくなったのよ」

お母さんは、何でも実験してみるのが好きなのです。

「どうだったの」

「洗面器に入れたら、ちゃんと泳いだ――と思うよ」

「ふーん」


年も終わりに近づくと、お母さんの誕生日がやって来ます。さきちゃんが、

「はい」

と、包みを渡します。バースデイ・プレゼントです。綺麗《きれい》な赤い紙で包んであります。さきちゃんが、自分で包装したのです。

「わあ、何だろう」

カサカサと音をさせて、包みを開いたお母さんの顔が、蠟燭《ろうそく》に火がついたみたいに、ぱっと明るくなりました。あの蛙でした。

床で跳ねさせてみると、左足の伸び具合が悪くて、ぴょんぴょん、というわけにはいきません。でも、子供の頃のあの蛙が生まれ変わって、来てくれたようです。

「――どう？」

「嬉《うれ》しいよ。ありがとう！」

ちょっと口にしたことを、さきちゃんが覚えていてくれたのです。お母さんは、温かいお風呂《ふろ》に入ったような気持ちになりました。

本当のお風呂に入った時も、連れて行きました。さきちゃんと一緒に泳がせてみると、やっぱりうまく行きません。でも、そんなことはたいしたことではありません。

冬休みも終わりに近づいた、午後のことです。二人で、またスーパーに買い物に行きました。荷物があるから、軽自動車です。

帰り道に、さきちゃんがいいました。

「——あっ、停めて」

「どうしたの」

お母さんは、バックミラーを見ながら、車を道の横に寄せます。高校の脇《わき》を抜ける、一方通行の裏道なので、そんなに人通りはありません。

「——猫がいたの。真っ白な猫」

「なーんだ」

助手席には荷物が置いてあります。さきちゃんは、後部座席にいます。その窓から振り返って、いいます。

「ひなたぼっこしてるよ」

「——行くよ」

「降りる」

「どうして」

「触って来る」

「側に行ったら、逃げちゃうよ」

「逃げないかも知れない」

アイスクリームや冷凍食品も買ってありました。お母さんとしては、早く帰りたいところです。それに、日は出ていたけれど、風が冷たそうです。外に出るつもりはなかったから、さきちゃんにも、暖かい格好をさせてありません。

お母さんは、せかせかした気持ちのまま、

「首輪してないでしょ、野良だよ。目で見て分からなくても汚れてるよ」

「……」

そのまま、アクセルを踏みました。

「——蚤《のみ》とかいるかも知れないし、それにね、今、野良猫には、悪い病気が流行《はや》っているんだってさ」

そういう記事が、新聞に出ていたのです。

お母さんが、車を走らせて行くと、学校の塀の途切れる辺りで、後ろから声がかかりました。

「……どうして、そういうことをいうの」

お母さんは、はっとしました。

運転しています。前を見ていなければなりません。それでも、さきちゃんの瞳《ひとみ》が目に浮かびました。濡《ぬ》れています。

……さきは、蛙をくれたのに。

お母さんは、心の中で何度も《ごめんね》と繰り返しました。

家に着くと、冷蔵庫に入れるものだけ手早く片付けて、

「さき、猫さんのところ、自転車で行ってみる?」

と、誘ってみました。

勿論《もちろん》、さきちゃんは大喜び。襟巻きに手袋もして、二人で出掛けました。

「まだ、いるかな」

「どうだろうね」

さっきの塀のところに来ました。

「——あの電柱に、寄りかかっていたんだよ」

でも、同じ場所に猫の姿はありませんでした。わずかの間に、日差しが動いたせいかも知れません。

《これは駄目かな》と思った時、さきちゃんが叫びました。

「あすこだ！」

見ると、ちょっと先の垣根の前を、白い猫が、のんびり歩いています。のんきそうな足取りです。思ったより大きな猫でした。

「……にゃあ、にゃあー」

といったのは、猫ではなくさきちゃんです。上手に鳴き真似《まね》をします。日なたを探していた猫が、足を止めて、ちらりとこちらを見ました。

「にゃあー」

さきちゃんは鳴きながら近づいて行きます。お母さんは、自転車の脇に立ったまま、じっと見ていました。

人に馴《な》れた猫なのか、まったく逃げようとしません。さきちゃんは、そおっと手を伸ばし、頭を撫《な》でてやります。白いブラシのような尻尾《しっぽ》が、蛇使いに笛を吹かれた蛇のように立っています。

——にゃあああー。

喉《のど》を鳴らしたのは、今度は猫の方です。

さきちゃんは喉を撫でてやります。猫は、細い目を、いっそう細くして、お腹《なか》をさきちゃんの足に擦り寄せて来ます。

しばらくして、お母さんも近づきました。猫は、自転車のスタンドの辺りに寝転がってしまいました。さきちゃんが、その耳の脇をさすっています。

「いい子だよ」

「人懐っこいね」

「ねえ」

と、さきちゃんがお母さんを見上げます。

「——この子、連れて行けない？」

お母さんが何かいいかけると、さきちゃんは、先に首を横に振ります。

「――飼うんじゃないの。野良なんだから外にいるの。だけど、うちの近くの野良猫になっても同じでしょ」

猫の声が、また気持ち良さそうに響きます。

「それは駄目よ。そんなの無責任だもの」

「……」

「それにね、こんなに馴れてるんだったら、近くに餌《えさ》をくれる人がいるんだと思うよ」

さきちゃんは、うつむきました。

お母さんは、いいます。

「ね、これだけ挨拶《あいさつ》したんだから、もう行きましょう」

雰囲気が分かったのか、白猫がむっくりと起き上がります。

お母さんは、さきちゃんに帰りを促すように、先に自転車を動かしました。数メートルだけ進んで、振り返ると、さきちゃんが猫を抱いていました。

さきちゃんの自転車は、後ろに荷台がありません。ただ後輪の泥よけがカーブを描いてついているだけです。さきちゃんは、そこに猫をまたがらせようとしていました。

猫は、暴れてはいませんでした。ただ、どういうことなのか分からず、きょとんとしているようでした。その格好は、漫画の一場面のようにユーモラスなものでした。

……無理よ。

と、お母さんは思いました。でも、さきちゃんは一途《いちず》な顔をして、懸命に何とかしようとしていました。風がひゅうっと吹いて、さきちゃんの前髪を揺らしています。

……さき。

お母さんの目からは、いつの間にか、涙がぽろぽろと溢《あふ》れていました。

善行賞のリボン

さきちゃんは、学校で善行賞をもらったことがあります。誰かのためになることをすると、表彰されるのです。《配膳室《はいぜんしつ》の掃除を、いつもよくやってくれました》——給食担当の人が、そう推薦してくれたのです。

さて、冬になりました。本当に寒くなって来ました。日曜日の午後のことです。

「さき、黒のズボン、洗濯に出した？」

そこで、気が付きました。さきちゃんは、通学用の厚地のズボンを、洗濯物かごに入れなかったのです。

「明日、雨か雪になるっていってたよ」

土曜日、帰って来てから脱ぎっぱなしになっていたのです。

お母さんは、

「いつも、《ぱなし》なんだからっ」

と、いいます。そしてサインペンを手に取ると、近くにあった紙の裏にズボンの絵を描き、下に《ぱなし》と大きく書き添えました。

「いつもじゃないもん」

さきちゃんは、口をとがらせながら、《し》の縦棒に、横棒を二本書いて《も》にしてしまいます。その後に《ーで》と加えました。《ぱなもーで》になったから、そういうメーカーの、ズボンの広告みたいです。

でも立場が弱いから、あまり堂々と文句はいえません。別のズボンをはいて行くこともあります。でも、今のさきちゃんお気に入りは、黒なのです。

追加で、洗ってもらいました。それからベランダに出しましたが、確かに天気予報通り、お天気は下り坂です。

お昼までは、お日様が、薄雲の向こうで弱い電球をつけたように光っていました。ところが、さきちゃんのズボンが出たとたん、意地悪でもするように、すっと辺りが暗くなってしまいました。

朝から吊《つる》してあった洗濯物は、風のおかげもあって、大体、乾きました。でも、さきちゃんのズボンは、夕方になっても湿ったままでした。

心配になったさきちゃんは、石油ストーブの前に、新聞の折り込み広告の大きな紙を広げました。てかてかしている紙ですから、濡《ぬ》れても大丈夫でしょう。その上にズボンを寝かせてみました。黒の生地の横に、セールの牛肉のカラー写真が見えます。

すると、お母さんが、

「こっちの方が、いいと思うよ」

と、椅子《いす》を持って来てくれました。背もたれをストーブの方に向け、ズボンのしわを伸ばして、そこにかけました。

寝ていたズボンが立ち上がったわけです。なるほど、この方が乾きやすそうです。

「ありがとう」

お母さんは、具合を見ては、時々ズボンを、裏返したり、逆さにしたりしています。外にあるのは、いつもより真っ暗な夜です。雨の音がして来ました。明日は、きりきり寒くなりそう。でも、これが乾けば大丈夫。

お風呂《ふろ》の後、さきちゃんは、自分の机に行きました。脇《わき》の袋に、綺麗《きれい》なテープや紐《ひも》を入れて、取ってあります。その中から、赤い長いリボンを選びました。

お母さんは、冬の寒い時、パジャマの上にチェックのガウンを着ています。その姿で、洗面台に向かって、髪を乾かしていました。さきちゃんは、ガウンの紐の通るところに、赤いリボンを通しました。

「何、これ？」

「善行賞だよ」

お母さんは、子供みたいな声でいいました。

「わあ、嬉《うれ》しいな」

そして、ドライヤーを置くとリボンをお腹《なか》の前で、きゅっと結びました。

次の日は、やっぱり雨になりました。さきちゃんは、乾いたズボンをはいて学校に行きました。午後には、お天気になりました。

さきちゃんは、しのぶちゃんと一緒に帰りました。乾燥した日が続いていたから、しばらくぶりの雨で、あたりがしっとりと落ち着いた感じです。アスファルトの通学路にも、ところどころに浅い水たまりが出来ています。普段は平らだと思っている道も、意外にでこぼこがあると分かります。

しのぶちゃんは、相変わらずの低い声で話しました。家族で観《み》に行った映画のことです。午前中に行ったらいっぱいだったので、買い物をしながら、次の回を待ったそうです。それぐらい人気のある映画でした。

豪華な大きな船が沈んでしまう話です。高いところから、海へ落ちて行く人や、救命ボートに乗りたくても乗れなかった人たちのことを、しのぶちゃんはぼそぼそと話しました。

さきちゃんは、とっても怖くなりました。

水たまりの水ぐらいなら《えいやっ》と飛び越えられるけれど、海ではそうは行きません。《えいやっ》と飛んでも、その先も水です。

しのぶちゃんは、最後に、にやりと笑いました。

「先にボートに乗れるのは、女と子供よ。……あたしたちは、女で子供だから、一番先に助かるのよ」


うちに帰ると、お母さんがカメラを持って、出迎えました。

「さき、撮ってくれる?」

「いいけど、何を」

お母さんは普段着の上に、ガウンを引っかけました。そして、赤いリボンを結びました。

「——善行賞」

そんなに嬉しいのかな? と思いながら、さきちゃんはシャッターを押しました。

次の日のお風呂あがり、さきちゃんは、お母さんに前髪を切ってもらいました。伸び過ぎて、目に入りそうになっていたのです。

椅子に座り、新聞紙を顔の下に広げます。

お母さんが、まだ湿り気の残った前髪に櫛《くし》を入れて整え、じょきん、と切っていきます。閉じた目の前を、髪の端が舞い落ちていくのが、感じで分かります。

「——あ、思い出した」

「ん？」

「昨日、怖い夢、見たんだ」

「どんなの」

「みんなで大きな船に乗ってるの。それが沈んじゃうの」

あんな話を、聞かされたせいです。

「そりゃあ、大変だ」

「真っ赤な火が、ビルぐらいの高さまで燃え上がってて、とっても明るいの。そこで、船長さんが、《悪い子は、どんどん行くんだよ》っていうの」

「はあー」

「そうするとね、みんな、燃えている火に向かって《わーい》って走り出すの」

「嫌がってないの？」

「それがね、みんな、とっても楽しそうなの。プレゼントでも、もらいに行くみたい。しのぶちゃんなんか、にこにこ笑いながら、真っ先にかけて行った」

「さきは？」

「わたしは、怖いから隠れてたの。そのうちに、《ボートで逃げよう》ということになった。だけど、ボートは五人乗りなのに、人は六人いるの」

「誰か、あきらめるんだ」

さきちゃんは、頷《うなず》きました。

「その中に、お母さんもいたんだよ」

「おや、大変」

鋏《はさみ》の音が、じょきん。

「――みんなで山を歩いているの」

「あら、海じゃなかったの？」

「いつの間にか、山にいるのよ。船長さんが先頭に立って、号令をかけて行進する」

「何で、そんなことするの」

「修行なの」

「変だねえ」

「山小屋に入って休むんだけど、船長さんだけ、豪華なフランス料理を食べている。かぼちゃのスープに湯気が立って、とってもおいしそうだった。でも、わたしたちには食事が出ないの」

「ほお」

「そこでトランペットが鳴って、船長さんがいうの。ボートに乗れるのは、これから一週間、何も食べなかった人か、信号無視をしなかった人です」

「一週間食べなかったら、倒れちゃうね」

「それで、お母さんが負けちゃうのよ」

「え？」

「階段のすみで、隠れておせんべい食べちゃうの」

じょきん。

「――あんまり、いい役じゃないね」

「おせんべいかじる音がポリポリ。お母さん、こっちに背中を向けてる。すると、テーブルのかげにいた船長さんが、いきなり立ち上がる。厚紙のチェック表に×をつけて、《見たぞっ》。お母さん、振り返って、《うわああ！》」

「……ふーん」

「でもね、船長さんは《見なかったことにしてやる》といって、消しゴムで×を消してくれるの。――その後、また行進が始まる。通学路に来て、みんな、どんどん先に行っちゃう。ところが、わたしが見ると信号が赤。車は全然来ないし、みんなは遠くを歩いてる。《ええい》と思って、渡りかけたら、横の塀から船長さんが、すっと顔を出して《――見たぞ》」

「あはは」

「わたしが《うわあぁ！》って、声をあげると、チェック表の×を消しながら、《見なかったことにしてやる》っていうの。わたしは、《おう、船長、いい人じゃない》と思うの」

　鋏を置いたお母さんは、さきちゃんの前髪を軽く揃《そろ》えながら、

「船長さん、善行賞もらえるかな」

「それは駄目だね」

　お母さんの手が、額から離れます。さきちゃんは、目をぱちりと開きます。ガウンの赤いリボンが、くっきりと鮮やかです。

　お母さんは、満足そうに、頷きながらいいました。

「すっきりしたね。これで昨日より、よーく見えるようになったよ。今日見るのは、どんな夢かな」

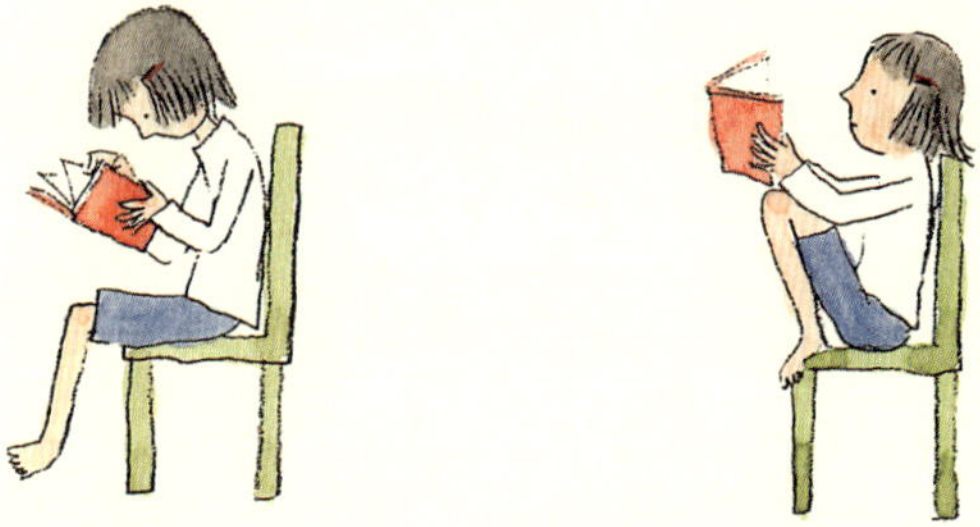

さきちゃんとお母さんのこと

北村　薫

割合、普通に（というのも変ですが）、さきちゃんたちのように、お母さんとお子さんで、生活のチームを作っている方に、お会いします。中に入ってみたわけではありませんが、書き手としてのわたしは、そういうお宅では、《親子》の縦のつながりが、《友達》の横のつながりに、より近づくような気がしました。自分のいつか歩いた道を通って来る友達の、哀《かな》しみやおびえや喜びを見つめる目と、見つめられる小さなさきちゃんを書いてみたいと思いました。

日常を守護する

梨木香歩

ミステリのことはあまり知らない。そのため北村薫の作品を知るのがかなり遅れてしまった。初めてその作品にふれたのが、本書に収録されている「くまの名前」だった。ある児童文学系の雑誌の最終号に様々な分野の五十人を越す作家が短編を寄稿しており、その中に北村薫の名前があったのだ。当時すでに名のある作家であったのに、どういうものを書く人なのか皆目分からなかった。一読後、私は「北村薫」はこのお母さんそっくりの、自分と同じ若い（うーん、今こう言ってのけるにはかなりの勇気がいる）、しかも自分と違ってきちんと生活している女性に違いないと思った。なぜなら細部にわたるリアリティに、日常生活に対する、確信犯といってもいいような確固たる意志を持った愛情が存在するのだ。これは単にほわほわと、形なく崩れてゆくような「日常の心地よさ」を描いた作品ではない。後述するが、そういう印象を持った理由を、私は後に『盤上の敵』等を読んだ後、理解した。世の中には、実力は認めるがそれとは別の次元で、生理的に好きになれない作品世界がある一方、作家本人の世界観まで好ましく思える作品も存在する。短い物語ながら「くまの名前」は典型的な後者だった。

日常の至福

本書に収められた十二の掌編の全《すべ》てが、小学三年生のさきちゃんとそのお母さんの周辺にまつわるお話。お母さんのお仕事は「お話を作る人」だ。だから、さきちゃんは寝る前にお布団《ふとん》の中で出来立てのお話が聞ける。うらやましい話だ。私だって聞きたい。聞こう。「くまの名前」は、暴れん坊のくまが紆余《うよ》曲折あって新井家の一員となり、洗濯ばかりさせられている……つまりあらいぐまになってしまった、という結末。さきちゃんはくくっと笑って眠りにつくものの、翌朝、何気なくお母さんに「ねえ、あのくまさん、だまされたのかなあ」という。お母さんは意味がよく分からない。さきちゃんはお茶碗《ちゃわん》やお箸《はし》を並べながら（この辺のさりげなさが、さきちゃんにとってのこの質問の重大さを表している）「名字《みょうじ》が替わって、くまさんはね、もう、暴れることができなくなったの？」。さあ、ここで勘のいい読者はどきっとする。さきちゃんとお母さんが、どういう経緯で母子家庭になったのか読者は知らされていない。しかし仮にさきちゃんが父親と死別していたのだとしたら、この家庭の風として、必ず写真の一枚も飾ってあり、それに呼びかける場面があってもおかしくない。しかしそれがないということは。そして「名字が替わる」ということに、幼いさきちゃんが敏感に反応し、くまさんに同情したということは。

お母さんはもちろん読者以上にどきっとする。さきちゃんの心に陰影を落としていた事件を思って。卵を焼いていた手を止め、真剣に考え込む。朝の時間としては結構長い間、お母さんは真剣に考え込む。お母さんは作家としてあらん限りの能力を振り絞り、くまさんの名前がごり押しで替わりくまさんが不幸な継子《ままこ》の生活を送っている、というラストを、幸福なものに変えようとしている。さきちゃんはお母さんの「お話を作る力」を信じている。さきちゃんはお母さんのじゃまをしないように辛抱強く椅子《いす》に座って待っている。お母さんはさきちゃんの期待を違えたりはしない……。

十二編のうち、直接お父さんという言葉が出てくるのは「ふわふわの綿菓子」だけである。小学校に上がる前の一瞬の回想だが、さきちゃんの切なさが痛いほど伝わる。それから「猫が飼いたい」の、思わず目頭が熱くなる切なさ。

こういう切なさは、日常の幸福の周囲に落ちる淡い影だ。影は本体をより明るく際立《きわだ》たせる。

日常が反転する

その日常の丹念な描写、例えば「聞きまちがい」では、自転車に乗れるようになったさきちゃんは、春休みのお天気の日、お母さんに晴れ姿を見てもらう。片側に菜の花が咲いている細い道。慣れた練習コース。ほめられて得意になった瞬間ぐらっとする。お母さんは反射的に手を伸ばして（距離的にいって届くわけがないのに）、あぶない、あぶない、という。この辺の描写のなんとうまいことかと思う。上手に自転車に乗れるようになったさきちゃんは隣町の図書館にも、お母さんと二人、自転車を連ねて通う。そういう日常。さきちゃんは聞きまちがいを連発する。

《でも、聞きまちがいって面白い》と、さきちゃんは思いました。普通では考えられない世界をちらりとのぞくような、不思議な感じになります。めちゃくちゃに絵具を振りまいて、そこにできた、奇妙な模様を見るようです。

――「聞きまちがい」

この「聞きまちがい」に対するさきちゃんの考察は、作者の「駄洒落《だじゃれ》」の多用にも通じるところがある。例えば出発が「ワンニャン大行進」→「わんにゃ大行進」→「アンニャ大行進」→「般若《はんにゃ》大行進」とゴールする。その少しずつのズレが万華鏡《まんげきょう》の変化を見ていくようでおもしろい。

世界が、つまり日常が、奇妙なズレを見せながら同じ日常の別の地点に着地する。そこに全く違う景色が拡《ひろ》がっているのに読者は陶然とする。北村マジック。

日常の中の上質のエロス

ある夜、お母さんはさきちゃんに、近所のドーベルマンが《全日本犬の書道選手権》に出て、「ダオベロマン」と署名してしまい、低い点をもらったという話をする。次の日さきちゃんが作文にその話を書いたところ、担任のほっちゃん先生に、えらくうけてしまった。それも、返ってきた作文用紙に「あはは、おっかしいー」と書いてあったのだ。つまり、この教室では先生とさきちゃんしか知らない、一種の秘密のやりとり。

体育の時間、さきちゃんが、かけっこの順番待ちで並んでいると、ほっちゃんがすっと寄って来ました。そして《……ダオベロマン》と耳打ちし、そのまま何事もなかったような顔をしています。さきちゃんは、恥ずかしいような、わくわくするような気持ちになりました。

――「ダオベロマン」

二者間で醸《かも》される、なんとほんのりと上質のエロスであろうか。エロスがこういう極めて高い相で現れた場合、日常は幸福で光り輝く。同じような「レベルの高いエロス」は、「連絡帳」のお母さんとムナカタくん、「ヘビノボラズのおばあさん」とお母さん、「善行賞のリボン」で、お母さんにリボンをあげたくなってしまうさきちゃんと、それをもらって嬉《うれ》しくてたまらないお母さんの間にもほんわりと醸し出される。

この日常とのエロティックな体験（！）を重ねてゆくと、味も素っ気もないクールな現実に対処してゆかねばならない心に、ふわふわと産毛《うぶげ》のようなものが生えてくる。この産毛がその人の幸福感知能力のようなものを決定してゆく。これは人間が日常の中に幸福を引き寄せ、生き抜くための最も大事な能力の一つだと思う。北村はたぶん意識して自身の作品にこの上質のエロスを醸し出そうとし、そしてそのことに成功している。この著者の作品に、性的な描写が極端に少ないかないに等しいのは、それが必要でないからだ。作品が低い相のエロスに無意識に引きずられてゆくことがない、その安定感。

日常に開いた穴

しかしその「産毛」をしっかり身につけつつあるさきちゃんにしても、時々不安になることがもちろんある。「こわい話」では、取り壊し中の近所の家を上から見て、屋根に空いた穴の中に、作業員がどんどん瓦《かわら》を投げ入れているのを見てしまう。

もちろん、そんな風にするのだから、家の中はすっかり片付けてあり、人もいないに違いありません。でも、さきちゃんは想像してしまいました。――普通に住んでいる茶の間や廊下に、どんどん瓦が降って来て、そこら中が、割れたかけらで埋まるところを。それは、しのぶちゃんの《おまえだシリーズ》よりも、ずっとこわい空想でした。

──「こわい話」

連続して流れている穏やかな日常に突然入る亀裂《きれつ》への、幼いさきちゃんのぼんやりした恐れ。しかしこの「恐れ」に対して、大人は何をしてあげられるのだろう。「さそりの井戸」で、もしもさそりが神様との約束を違えたら、という話になって、さきちゃんは不安になる。

「……そうしたら、神様は、さそりのこと、《嘘《うそ》つきだ》って怒るのかな」
お母さんは、すぐに、さきちゃんに顔を寄せていいました。
「──怒らないよ」
本当は、《それに、神様だったらそんな意地悪なことしないよ》と続けたかったのです。でも、この世ではいろいろなことが、──本当に信じられないようなことが──起こります。だから、そういい切る自信もなかったのです。ただ、これだけはいってあげたいと、同じ言葉を繰り返しました。
「怒らないよ」

──「さそりの井戸」

怒らないよ――起こらないよ。これは、著者の日常へ向かう祈りの姿勢であろう。日常の中に思いもかけない陥穽《かんせい》が潜んでいることは、どうしようもない事実だ。大人ができることは、せめて意識して子供の心に前述の産毛をまとわせてあげることぐらいしかないのだ。

北村作品では異色とされる『盤上の敵』の、石割強治、兵藤三季などは、おそらくこの産毛を心に生やす機会がなかった人種なのだろう。それで三季は友貴子を見た瞬間、その自分との違いを悟り、激しい憎しみの炎を燃やす。自分が決して持てないものを持っている人間を見たとき、自分の決定的な欠落を思い知らされたのだ。しかし彼女はそれを認めるわけにはいかない。そういうものは、壊さねばならない。今ここはそれを論ずる場ではないが、『盤上の敵』は「見事な」作品であった。しかしこのような作品を書くことは、北村にとって生理的な部分でつらかったに違いないと思う。しかしこれはどうしても書かなければならない。すでに物語が向こうから呼んでいるのだから。実は最初から呼ばれていた。日常を愛すれば愛するほど、どうしたらこれを守り通せるか、人はこの世に起こりうるあらゆる残虐《ざんぎゃく》な場面に自分や自分の愛するものたちが遭遇したときのことを考えずにいられないものだから。友貴子の運命は変えられない。作者といえども。だから北村は自分にできる全ての力を使って彼女のために書く。まるでさきちゃんのお母さんが必死でくまの話の続きを考えたように。きわめてハードな場面描写に至っても北村の独特の叙情は情景ごと包み込み、決して読み手を突き放したりはしない。こういうことが、起こりうるのだ、と読み手の肩に手を回して共に唇を噛《か》みしめているようだ。この作品は北村ワールドの陰画ではない。北村が常に見つめ続けた世界である。起こらなければいい、と祈りつつ。日常にしっかりと根を下ろした視点で書かれているからこそ、その連続する地平上で起こったこととして書かれているからこそ、登場人物たちは、揃《そろ》って、あの日常に戻れたら、と激しく願うのだ。

「さばのみそ煮」にあるように、お母さんがかつて子供だった頃、そのお父さんが思いがけず一度だけ歌った歌を、その幸福感と共にいつまでも覚えていたように、さきちゃんも、お母さんがでたらめに歌った「月の砂漠をさばさばと」を、いつまでもいつまでも覚えているだろう。日常の至福はそのように受け継がれてゆく。

おーなり由子の挿し絵の、なんと優しく包み込むようであることか。

日常は意識して守護されなければならない。例えばこういう物語で、幸福の在処《ありか》を再確認する。そういう時代に、私たちは生きている。

（二〇〇二年四月、作家）

この作品は、一九九九年八月新潮社より刊行された。

月《つき》の砂《さ》漠《ばく》をさばさばと

新潮文庫　き - 17 - 7

平成十四年七月一日発行
平成二十一年七月三十日二刷

著者　北《きた》村《むら》薫《かおる》
おーなり由《ゆう》子《こ》

発行者　佐藤隆信
発行所　株式会社新潮社
郵便番号　一六二―八七一一
東京都新宿区矢来町七一
電話　編集部(〇三)三二六六―五四四〇
読者係(〇三)三二六六―五一一一

価格はカバーに表示してあります。

乱丁・落丁本は、ご面倒ですが小社読者係宛ご送付ください。送料小社負担にてお取替えいたします。

印刷・錦明印刷株式会社　製本・錦明印刷株式会社

ISBN978-4-10-137327-0 C0193